紺の背広

句集

前島きんや

Maejima
Kinya

紅書房

句集

紺の背広

句集　紺の背広

目次

扉絵＝前島きんや・林樹音

実直で心やさしい人
――『紺の背広』に寄せて

石寒太

ほとんど毎日といっていいほど、いろいろな人の句集が私の家に贈られてくる。まず題名をながめて、「おっ、この人にはぴったりだな」などと、思う句集。「これは少し印象と違った句集だな」などとも思う。いろいろなものがある。

この度、前島きんやさんの句集の題が『紺の背広』ときいて、「これほどこの人にフィットした題は、そうはないだろう」そう思いうれしかった。おめでとう。

『紺の背広』は前島きんやさんのサラリーマン生活の象徴そのもののような題名であろう。「紺」と「背広」も彼そのもの……。一見没個性の銀行員そのものでありながら、まさに生きてきた彼の軌跡そのものではないか、そう思った。

さて、きんやさんは、銀行員として二十七年間、さらにその後出向した大和自動車交通での二十七年間、合せて五十四年間のサラリーマン生活を無事に過ごし終え、いまそれをすべて卒業しようとしている。この句集には、そんな彼の生きた軌跡が、びっしりとつまっている。私にはそのように思えるのだ。

この句集には、きんやさんの五十四年の歴史の中に繰り返される、春・夏・秋・冬の四季があり、内容も、就職・結婚・子育て・転職・父母の死・子供たちの結婚・孫の誕生などなどの生活の営みが、季節の移ろいとともに直に伝わってくる。それがこの句集のいいところである。

私ときんやさんとの俳句の交流は、もう十五年ほどになる。初めて言葉を交わしたのは二〇〇八年の七月二十一日。忘れもしない「海の日」であった。その日私たちは与謝蕪村ゆかりの地をめぐるべく茨城県の結城へ日帰りバス旅行をした。

漂泊の俳諧師と言えば、すぐに松尾芭蕉が浮かびその代表者とされるが、実は日数からいえば、蕪村の方がかなり多く旅をしている。蕪村は生まれは摂津国東成郡の毛馬村(現大阪市)であるが、謎の多い人物である。晩年宝暦元年(一七五一)に京へ移り、丹後・宮津・四国などの旅に明け暮れるが、六十八歳で京都に没する。はじめ、二十歳前後に故郷を去り、江戸へ下って夜半亭一世の巴人に入門し、俳諧の道を志した。しかし早くも寛保二年、巴人の死去に伴い江戸を去り、下総・結城・関東・東北の各地を十年近く巡歴している。寛保四年の新春は宇都宮で迎え「歳旦帳」を出版、この冊子ではじめて俳号「蕪村」を発表している。それ以前の号は宰鳥、宰町だった。だから結城こそが俳号名蕪村の誕生の地、といってもいい。

われわれの旅は、その蕪村の若き日の修行時代、最初期の結城下館の地へのツアーであった。そこに前島さん夫妻が参加したのである。

この旅への参加のきっかけについて、きんやさん自身もエッセイに綴っている。彼は五十歳で大手銀行から大和自動車交通に出向転籍した。旅の昼食の席で、群馬から参加した佐藤弥生(本名小林もと子)さんに熱心に誘われ、「炎環」に入会することになった。それが、いまとなっては、自分はとてもラッキーでよかったという。転籍後、不動産関連部長から、やがて役員・社長・会長と昇進していった。

夏風邪や株主総会リハーサル

さて、大和自動車交通は戦前からあるタクシーの大手四社のひとつで、戦後は東京証券市場に上場した唯一のタクシー会社である。

初代の新倉文郎社長は鎌倉師範出身の小学校教師であったが、才気煥発、リーダーシップに優れ、教師を辞して上京。タクシー業界で頭角を現し「タクシーの父」と呼ばれた。二代目の新倉尚文社長は、読書家で上品な紳士。全国と東京のハイヤー、タクシー協会の会長を二十年以上歴任して、勲二等旭日重光章まで受け、人望があった。三代目の新倉能文社長は、和を大事にする聡明な人。だが会社の寿命は三十年と言われるなかで、業歴八十年ともなると経営に難しい局面が出てくる。そこに世界的な不況のリーマンショックが重なり、会社が赤字の海に沈みかけていった。その時、きんやさんは専務の立場だったらしい。そこでこれではいけない、と一念発起、再建策を提言した。その案が二宮尊徳の経営仕法だったという。

きんやさんは『報徳記』『二宮金次郎の一生』などの本を熟読した上で、尊徳の至誠、勤労、分度、推譲の四つの柱のなかでも、「分度」が会社再建、ハイヤー、タクシー部門に最重要と判断し、それを実行しようと考えた。私には経営の詳しいことは分からないが、分度とは、会計上の損益分岐点のことのようだ。

丁度この施策に迷っていた矢先に、先の結城の旅があり、気分転換にと、参加したのだという。思うにこの旅は、きんやさんの心を和らげてくれる精神的役割を果たしたのではないか。私にはそんなふうに考えられる。いい旅だった。

その後のきんやさんは、更に尊徳の探求を深く続けた。尊徳は小田原藩の藩政改革の実行にあたって、大久保忠真公に全権を与えられて、栃木県の桜町（真岡）で改革に着手し、成功した。新倉能文社長は度量の大きい人で、黒字化するための権限と人事権の全てをきんやさんに、委譲してくれた。そのおかげで、ハイヤー部門は着手して二年後、タクシー部門は六年後に黒字化できたという。

それには、もう一つ不思議なことが加わった。二〇〇九年一月、小田原の二宮神社に初詣に行った。当時まだ俳句の初心者だったきんやさんは、そこで、

冬晴の子の賑やかよ尊徳像

の一句を得た。それを投句すると、二月九日の「日本経済新聞」の茨木和生選に掲載された。当日は奇しくも尊徳の生家のある小田原近郊の栢山を訪ねていた。これは、きっと尊徳が尊徳手法と俳句を車の両輪としてしっかりと改革に取り組め、そう後押ししてくれるように感じたという。

さて、きんやさんが俳句仲間に参加してくれて、彼は私が企画するそれからの旅に、国内外をふくめて、同行する機会が増えた。彼の旅先での句は多いが、

俳翁の立机の句碑や木の芽風

掌へ芭蕉生家の椿の実

前の句は、きんやさんが受講し、今も続けている「毎日新聞俳句カルチャー教室」に提出された句か。「立机」とは、俳諧師範としての教員証明書のようなもの。伊賀上野から出てきた芭蕉に、延宝七年に江戸、日本橋ではじめてそれを許された。その碑が日本橋室町に建立されている。そこを初春の「木の芽風」が吹き抜けていく。そういう清々しくて、しっかりとした立て句になっている。私が前島きんやという俳句作家に注目した、はじめの句かもしれない。

後の句は伊賀上野の釣月軒で得たものである。伊賀は芭蕉のふるさと、生家をはじめ、芭蕉庵、釣月軒やその弟子たちなど、蕉門ゆかりの地を訪ねた旅での句。かなり以前のことなので少し朧な記憶であるが、その中庭で拾った藪椿の実の三粒ほどをきんやさんに手渡した。それを彼は大事に持ち帰って、三つの小皿を用意し、その底に脱脂綿を敷きつめて、一つずつ載せ、それを家の風呂場の窓際に置き、丹念に水やりを繰り返したという。そんな毎日の中でもいっこうに変化はみられなかったが、ようやく二か月後に芽を出した。嬉しかったという。いかにも律儀なきんやさんらしいいい話である。それから八年、今では庭に置いた三鉢が、二月の下旬になると毎年紅色の花を咲かせてくれるという。日陰にも強い藪椿は実もなり、地に落ちては次々に芽が出て、とうとう孫椿まで育てているという。嬉しいことである。
他にこんな句もある。

芭蕉紀行額に当てし蜜柑かな
芭蕉庵の種より咲きし椿かな
飛花落花胸に傾くプラカード

三句目は二〇一三年に行われた炎環の花見句会に出された句である。俳句は職業、年齢、性別、地域にも関係なく、参加したひとりひとりがすべて平等に座(共同体)に連なる実に民主的でフラットな文芸である。が、この日のきんやさんは、誰よりもいちばんはやく会場入りして「胸」に「プラカード」を付けて俳句の仲間を迎える役であった。この日は生憎の天候で朝は花曇りその後雨が降りはじめていた。私は皆さんより少し遅れて会場入りしたが、入口でそんなきんやさんに出会った。その迎えてくれた笑顔が、いまでも印象的で脳裏に刻みついている。

この句はその催しの特選の「天」になった一句。きんやさんも喜んだが、誰よりもうれしかったのは私である。きんやさんは、地位に関係なく、フラットでそんなフットワークの軽い人でもあったのだ。

秋茜公文書館の白き椅子

皇居側、国立近代美術館のとなりに、国立「公文書館」がある。そこを訪れたのであろう。秋でその庭に「小鳥」たちが「来」ている。その広い窓際で、作者はゆったりくつろいでいる。秋のさわやかな昼の一日が、伝わってくる。堅い「公文書館」と「白い椅子」の対比が、とてもいい、ゆとりのある句になった。

冒頭に書いたとおり、きんやさんはもともと銀行員で実直、礼儀正しく、真面目な紳士を絵に描いたような人。いい加減な性格の私からすると、近寄り難いような性格である。彼は一九四六年に、東京中野区鷺宮生まれの三人兄弟の長男である。母は八人兄弟、そんな中にはじめて生まれたのがきんやさんだが、母の姉妹にはめずらしがられ、あたかも玩具のようにちやほや可愛いがられてすくすく育ったらしい。ある時は抱きそこなって畳に落とされそうになったり、背中に枕を背負わされて「手の鳴る方へ」と這い這いさせられたりなどしながら、元気に成長を重ねていった。

彼の家は下宿屋を営んでいて、そこに背の高い痩せた大学生Hさんが入居し、ある時新聞記者が数人やって来て、何事かと思って眺めていると、翌日の新聞には「原爆孤児に春微笑む」という見出しで記事が掲載された、という。そのH青年をきんやさんは尊敬していて、彼からかなり強い影響を受けた。自分も社会体制・資本主義・社会主義、原子爆弾、平和とは如何なるものか等、種々な事を学んでいった。そんなことから早稲田大学に学び、やがて銀行に入り、かつて自分たちが反発していた資本主義や金融資本主義とは如何なるものか、そんなことを実際に銀行に入って実体験しよう。そんなふうに思うようになったという。

しかし、その後、入行したらバリバリの仕事人間になろうというわけではなく、銀行出身の作家の山田智彦、歌手の小椋佳、俳人の金子兜太などを手本に地方店舗に配属してもらい、夕方から炬燵に蜜柑を置いて読書三昧の生活を楽しもうなどと、のんびり構えていたのだという。ところが、家庭を持ち子どもが生まれると、良き先輩のアドバイスもあり、銀行業務に身を入れて取り組むようになった。出向して他業種の人々と交流を重ねたり、支店長職になると、仕事にやりがいを感じ仕事人間に変わったのだと、振り返っている。

いま、前島きんやさんは、ひとつの区切りを迎えようとしている。長年の銀行生活も終わり、更にその後の出向とその会社の再建も成し終え卒業を迎え、もうすぐすべてから解き放たれようとしている。そんな記念に纏めようとしているのが、この句集『紺の背広』だという。ひとつの生きてきた証明なのである。

私も、前々からそれを望んできた者として、こんなに嬉しいことはなく、双手をあげて喜び、お手伝させていただいた。これから後は、少しスローライフを楽しんで欲しい、そう思っている。句集を纏めるに当たっての感想を彼に問うと、「忙しいので日曜日や祭日に時間が空くと、メモをとりながら習志野の自宅の周辺を歩き、俳句をつくっています。このままでは平凡ですから、もっと内面世界との繋がりを模索しつつ、どのように五七五音の形を深めていくのか、いかに表現できるのか、少し突っ込んで作句してみたいと思います」。

そういう返事が返ってきた。これからがさらに楽しみである。

晩秋の空晩節の仕事かな

「仕事から離れたら、少し妻とのんびり外国でも旅してこようと思っています」と、更にそう付け加えた。彼には良き伴侶(俳号・深山きんぎょさん)を伴って、少しゆっくり旅してほしい。

聴き役の妻の歳月藤の花

そして、この句集が出版された後、今度は支えてくれた奥方の句集を纏めることも、是非考えて欲しい。そのことを付け加えて、私のこの句集への序の、締めくくりにしたい。おめでとうきんやさん、心よりのお祝いを記したい。
最後に、私の好きなきんやさんのさり気ない三句を記そう。

図書館の机にひとりづつ昼寝
満月のひかりよチェロのブラームス
メメントモリ暗闇のクリスマス

春

飛花落花

飛花落花胸に傾くプラカード

聴き役の妻の歳月藤の花

菜の花や寝ころびて飲む発泡酒

ほぐれゐる仕事疲れや蜆汁

春の朝エスプレッソの一口目

朝東風や辰の土鈴の乾く音

鉄橋に貨車来るリズム山笑ふ

鉄橋の通勤電車春驟雨

六百回の給与明細月朧

花の兄年金受給の通知かな

猫の仔の五六歩つきて戻りけり

学僧の蒼きつむりや猫の恋

俳翁の立机の句碑や木の芽風

春ともし黒靴磨く妻の背

春炬燵妻へ住まひの権利証

始祖鳥の飛びし大地よ土筆摘む

黒潮の泡立つ巌牡丹雪

安曇野の水の匂ひや苜蓿

薄紅梅維新の龍馬写真帖

ヒロインの小さな鼾ひなな祭り

来し方の七十余年春時雨

ふらここや志村喬の唄ひとつ

ネクタイの結び目固し春の雪

初桜永年勤続表彰状

まとまらぬ労使交渉桃の花

胃薬の食後一錠水温む

黒靴に花のひとひらバス停まる

春雨や東京駅の赤煉瓦

地虫出づここは銀座の四丁目

天地春風泡立つ眼鏡洗浄器

上潮の匂ふ運河やいぬふぐり

つくづくし一人遊びのひとりつ子

早朝の一行メール春兆す

菜の花やホテル地下室真砂女の書

芭蕉庵の種より咲きし椿かな

門仲の令和煎餅春惜しむ

惜春や塩豆摘まむ指の腹

行く春や奥歯の砕く飴の音

猫の恋フランス積みの煉瓦塀

夏

原爆禁止

古書街の空に流るる祭笛

虹二重赤毛のアンの文庫本

ルピナスや少し母乳の足りぬ昼

図書室の机にひとりづつ昼寝

飴色のヴィオラの流れ聖五月

九回の表若葉へホームラン

見当たらぬ婚約指輪きんぎょの眼

ヘディングシュート深夜の金魚浮きあがり

父遺すスケッチブック裸婦の紙魚

アルバムの父の軍装風薫る

立葵妻の見送る句会かな

夏に入る午後の句会の清記かな

パラソルの白きかたまり杉並木

アポロンの赤き看板梅雨曇り

荒梅雨や深夜のコインランドリー

夏帽子老犬の乗る乳母車

梅雨晴間アクロバットの飛行音

旱梅雨タンクローリーの「毒」の文字

夏風邪や株主総会リハーサル

梅雨寒の株主総会雀来る

柿若葉出勤前のストレッチ

日日草古希の割引定期券

凌霄花ノンステップバス傾けり

足の裏くすぐられをり昼寝覚め

梧桐の葉裏のそよぎ原爆忌

原爆忌オールに青き夜光虫

原爆禁止のシュプレヒコール昼の月

青嵐広島平和記念館

青嵐欽定憲法展示室

ラヂオより黒人霊歌緑の夜

病棟の窓ひとつ開き祭笛

浅草の夜のマネキン祭笛

三代の自画像の部屋アマリリス

六月の襲名披露五歳の児

火取虫ガレのランプの葡萄の絵

火取虫ドルジェル伯の舞踏会

書き直す遺言二回ソーダ水

緑さす座禅の背や円覚寺

長梅雨の上がり山盧の駐車場

早桃食ぶ蛇笏龍太の井戸の水

夕靄の山廬後山よ瑠璃蜥蜴

白内障の犬休みをり夏木立

青大将の塞ぐ畦道ランドセル

白南風や猫のペン画の裏表紙

梅干のだんだん小さくなる日暮

串焼きの岩魚奥穂の昏れにけり

薄日差す子規の碑額の花

砂町の波郷の運河桜の実

夕暮や波郷の街の藍浴衣

片蔭に黒猫の眼や夢二の碑

楸邨の文字のびやか緑の夜

古書店の中也の詩集夏の蝶

宵山やラピスラズリの空の雲

夕立の東京タワー仁王立ち

砂粒に瞳の混じる泉かな

北欧へ飛び立つ機影アマリリス

捩花や約束ひとつ忘れをり

耳鳴りの朝あぢさゐの花真白

炎天の鳩水溜りの青空

海見ゆる墓地の十字架蟬時雨

川端の白き献花や遠花火

椎若葉三島由紀夫の遺書の印

鍵穴にワインレッドの小さき蜘蛛

経穴の人体模型緑差す

夏の朝声うすれゆく手術台

底抜けの碧空蟬の仰臥かな

砂浜の命の重み花うばら

青葉風天文台の銀の屋根

投函のポストの庇かたつむり

三省堂の閉店あいさつ夜の新樹

秋

蚯蚓鳴く

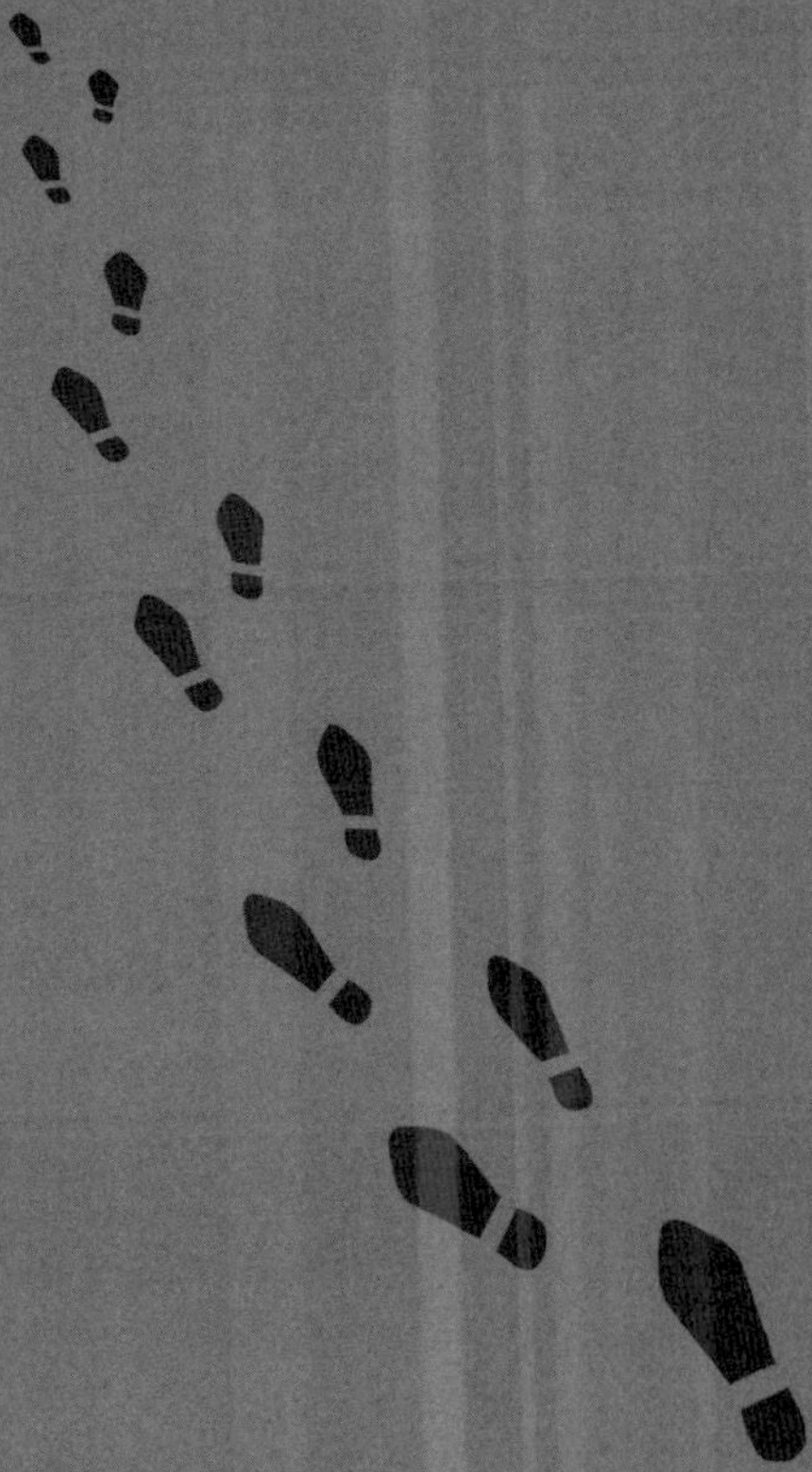

満月のひかりよチェロのブラームス

新涼やゆつくり溶くる舌下錠

茶柱の少し傾き今朝の秋

新涼や青き光の尼僧達

のんびりも若さのひとつ芋嵐

指狐のまんなか通る秋の風

休暇明け満員電車の生欠伸

百薬の毒少しあり秋の聲

国宝の観音の留守秋暑し

赤い羽根つけられし子の笑窪かな

薄日差す松下村塾竹の春

コスモスの花畑来る迷子かな

碧き眼に譲られし席秋うらら

ハノイより整備士二人西瓜食ぶ

早稲の香や特急列車通過駅

機関車の白煙なびき秋桜

桔梗の蕾のプッツン潰しをり

隻眼の大鹿の角切られけり

軍港のスチームハンマー鰯雲

七夕祭り盲導犬の長き舌

今年酒猫の遺影の出窓かな

礼状の兎の切手望の月

結願の朝底紅の花ひとつ

蚯蚓鳴く有価証券報告書

秋茜公文書館の白き椅子

雁来紅一葉せんべい本舗かな

煎餅の賞味期限や秋麗

母逝く

底紅や危篤の母へ間に合はず

秋夕焼柩に黒き母の髪

締め直す黒のネクタイ霜の朝

さよならのサ行の静寂遺影かな

子規の忌の母の忌となり白木槿

ヴェネツィアングラスの翳り秋の聲

新涼やサプリメントの琥珀色

水銀灯の白き雨粒鉦叩

生真面目の男の癖毛赤とんぼ

酔ひ醒めのブラック珈琲虫時雨

新走り弓手の俳句手帳かな

夕風の雨の匂ひよ曼珠沙華

貼り違ふ印紙と切手望の月

仲秋の名月電線が邪魔

零れ萩団地の隅に白鼻心

星月夜郵便受の不在票

白杖の体験実習法師蟬

ゆつくりの朝の歯磨きつくつくし

猿の腰掛だんだん狭くなる歩幅

曼珠沙華型崩れせし背広かな

弁当の伊達巻追加野分晴

掌へ芭蕉生家の椿の実

解体の始まるホテル石榴の実

荒地野菊廃炉解体作業員

秋霖や煉瓦倉庫のジャズピアノ

横顔のハーンの耳朶や暮の秋

秋風や帯状疱疹後遺症

句集積むその上富有柿ひとつ

秋気澄むロングドレスの蒼き影

水鉢に白桃の影甲斐の山

白萩の零れし赤穂浪士の碑

雁渡し青きベンチの補欠の子

体重計の針の傾き秋深し

晩秋の空晩節の仕事かな

秋寂し浜に積まれし地引網

いなつるび松井冬子の画集かな

冬

風邪心地

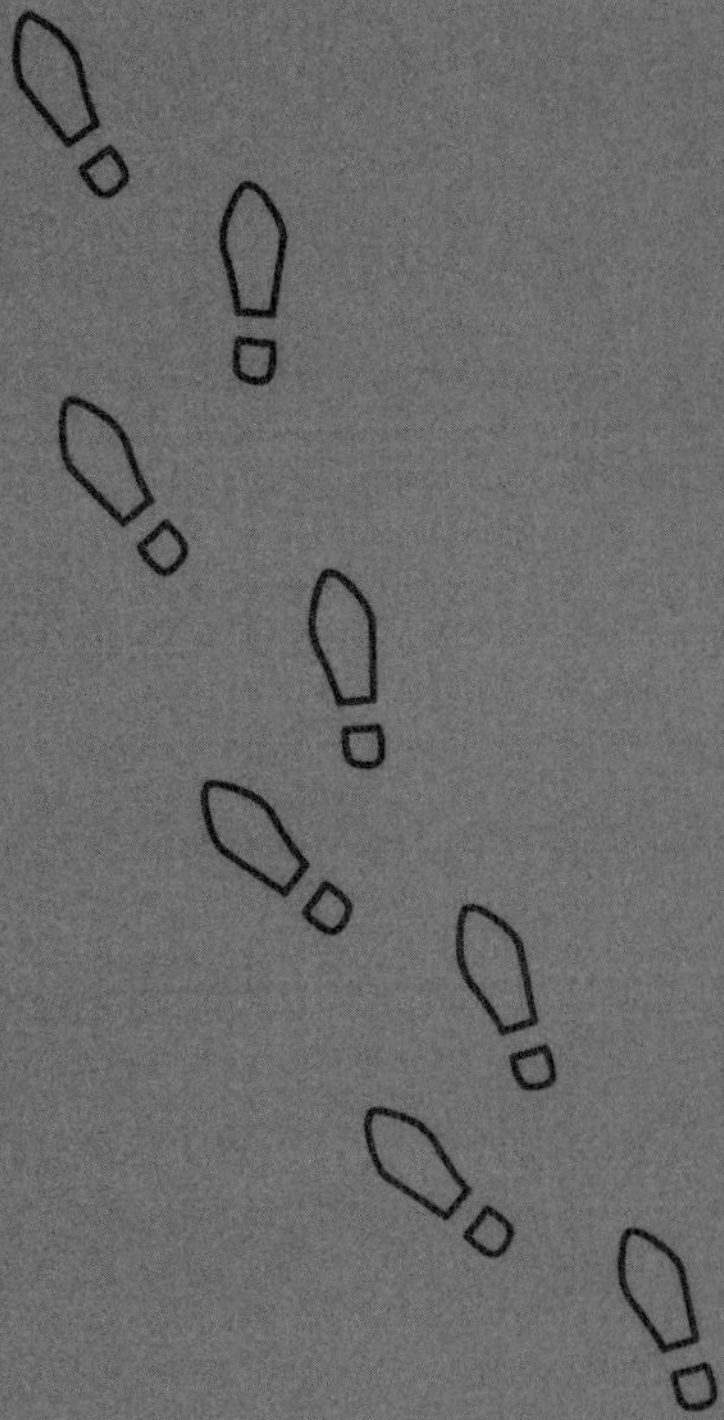

句集読む夫婦の黙や煮大根

鯛焼やキャンセル待ちのコンサート

木枯やビーフシチューへ銀の匙

凩や塔にLEDの青

ラーメンに胡椒一振り冬の月

芭蕉紀行額に当てし蜜柑かな

ネクタイに焼鳥の滲み憂国忌

冬晴や三島由紀夫のこゑ消ゆる

失念のスピーチ勤労感謝の日

入院のパジャマ桃色冬銀河

筆談の笑顔こぼれし寒見舞

ホスピスの渡り廊下や冬の蝶

寒夕焼母似の叔母の旅立ちぬ

通夜式や寒満月の駐車場

ポケットの数珠の温もり冬銀河

降るほどに宙軽くなる霙かな

猫通ふ裏庭の木戸実南天

柴犬の鼻濡らしをり初氷

手袋の父より少し太き指

着ぶくれの母の磨きしフライパン

讃美歌やオレンジ色の十二月

夜空差す右手袋の忘れ物

見世蔵の茶壺の埃冬ざるる

歌舞伎座の解体作業年惜しむ

合唱団の白きブラウス十二月

十二月削る虫歯の金属音

凩や街角に買ふ自家詩集

木枯しや斜陽に立てる蒼き影

桃色の嬰の爪あり冬日向

前立腺肥大の話小正月

薄氷やはるかに明くる空知川

電飾の大型トラック寒波来る

寝返りの幼の薄目冬の雷

寒昴米寿の恩師ひとり逝き

土嚢売るホームセンター冬日向

信号の赤のドットや雪時雨

自転車の五段変速吹雪の夜

風邪心地銀座ルパンの硬き椅子

冬の蝶ハローワークの掲示板

結界のここより句詠冬紅葉

中国語英語江戸っ子酉の市
鎧戸に閉店の文字クリスマス

ポケットの小銭の重み除夜の鐘

地球儀の青傾きし雪の夜

建売の完売御礼花八つ手

犬小屋の錆びし鎖や花八つ手

街の灯の零れし運河浮寝鳥

船室の窓のまん丸寒北斗

ぐひ呑みの底の青丸余寒かな

夜更けの街軽トラックの焼藷屋

雪しまく煉瓦倉庫や汽笛のボー

イギリス積みの煉瓦煙突山眠る

右へ跳ぶゴールキーパー憂国忌

葉牡丹の門に貼られし転居先

冬珊瑚ポストの不在通知票

霜柱腰に金魚のストラップ

不整脈治まる夜の炬燵かな

相乗りのタクシー発車しづり雪

早暁のタクシー検査返り花

雪晴れや遊ぶパンダのひとりつ子

野良猫に餌配る人寒の月

カピバラの薄目令和の冬はじめ

サルル山に蜜柑一個や猿の留守

煤逃げや子育地蔵へ五円玉

煤逃げやオーストリアへ行つたきり

雨だれの額にポツリ冬の虹

冬紅葉鰐口三つ音一つ

本土寺に忘れし傘よ冬紅葉

宇宙線集めて夜の掛け大根

一面のソーラーパネル冬の星

初時雨竹久夢二の黒船屋

恵比寿天像の釣り竿冬の蝶

都鳥隅田に刻の流れかな

五冊目の了る連用日記かな

コロナ禍の師走寂しき銀座かな

冬ざれや朽ちし手摺の富士見台

椅子ひとつ椅子に寄せ合ふ春隣

天国へまだ回り道春隣

煉瓦亭のオムレツランチ春隣

錆色の橋の靴音波郷の忌

冬夕焼け太宰治のグッドバイ

指先の凍ゆる朝よ多喜二の忌

野良猫の人間嫌ひ漱石忌

クマムシや百億年の冬銀河

冷ややかや白き木椅子に錆びし釘

冬銀河銀座四丁目の人相見

冬晴の子の賑やかよ尊徳像

新年

初日の出

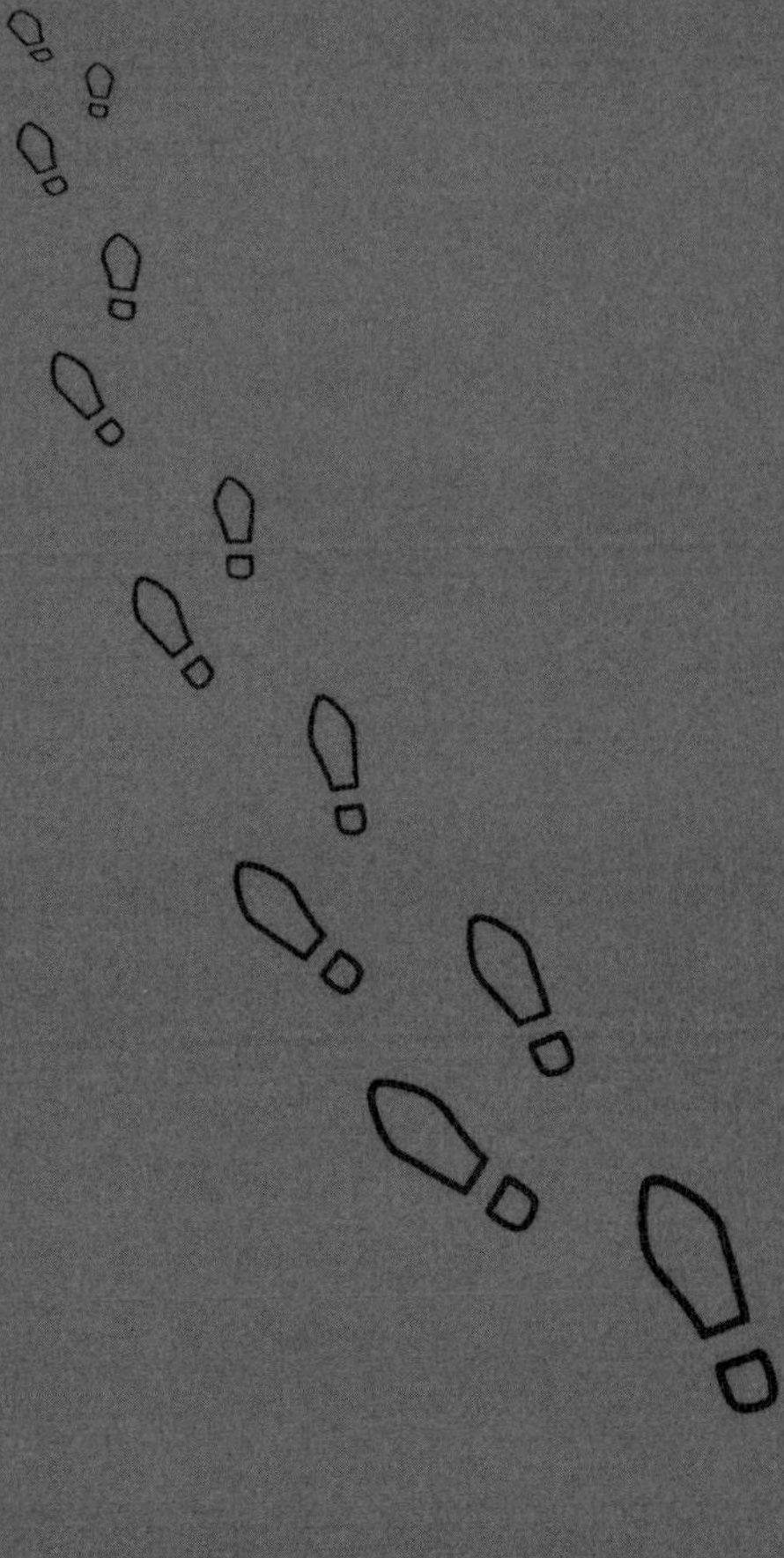

初日の出待ちカセットのボブ・ディラン

初　日　影　笑　顔　半　分　残　し　を　り

救助ヘリの降下訓練初山河

初春や地球の重さ少し増し

初笑ひ少しづれをり老夫婦

掃き初めや百円硬貨ポケットへ

二日はや妣の齢となりにけり

二日はや忘れられをり誕生日

三日はや行方不明のアナウンス

晴れ渡る川筋西へ初出勤

オフィスの光る黒靴四日かな

福寿草セールスマンの不愛想

朝日差す塵美しや初氷

ふるさとや剣先帽子の猿廻し

顔見世やわたり台詞の七五調

旅　パスポート

中国

霾ぐもり赤き表紙のパスポート

草萌や牛のかたちの太湖石

鑑真の法灯永遠の山桜

鑑真の盲ひし座像風光る

太極拳の煌めく剣桜東風

杭州に生れしガイドよ桃の花

待春の北京へ続く運河かな

水で書く路上の絶句春日向

梅の香や美しき魯迅のデスマスク

光晴の上海寓居猫の恋

春ともし外灘《バンド》のトランペットかな

京劇の諸葛孔明春の夜

式根島

薫風や唄声太き島男

一島の緑こぼれし太平洋

船虫の髭忙しき昼の月

岸壁の男の日傘鷗来る

桑の実や水平線の船暮るる

紐育

日は西へMOMAのベンチの冬帽子

立冬やトランプタワーの金の文字

頬凍てし煉瓦の街の星条旗

雪催ひ国連本部の日章旗

木枯しや騎馬警官のパトロール

マラソンの足もとポインセチアかな

北海道

夏雲や富良野平原開拓地

独り言の「これでいいのだ」ラベンダー

紺碧の空江別ビールの泡あふれ

青空へポプラの大樹生ビール

カーテンの組紐緋色雲の峰

北国の夏黙食のオムライス

蝸牛放水銃の鐵の蓋

雪しまく鉄路車内の鼾かな

雪の函館毛蟹の眼赤かりし

五稜郭真白桜の木に氷柱

盛岡

七竈イーハトーブの風の街

青胡桃修羅の小波立ちにけり

栃の実や古城の径の影法師

暮れ残る山並蒼し薄原

習志野

初蝶や銃持つ衛士のヘルメット

初空の星掠れをり演習地

囀りの真下習志野空挺団

恋猫の基地に消えをり潦

腐敗活性研究所跡猫の恋

門衛の迷彩服よ盆の月

戦

メメントモリ暗闇のクリスマス

麦の秋ひとりひとつのいのちかな

戦場の空へ合掌麦の秋

あとがき

結社「炎環」に入会し、俳句を始めて十五年になります。躊躇しながらも、句集を編むことに致しました。自分の句を改めて読み返しますと、句作の時々がある句では鮮明に、又ある句では記憶のかけらのように浮かびます。そのような時俳句に留めておいて良かった、と思います。

俳句を学ぶ事によって、言葉と音、文字の持つ意味と形等の理解が深まりました。更には、①季語②切れ③定型を学んだことで、例えば誤解を恐れず、私の稚拙な三句で申し上げますと、次のような気づきがありました。

一、季語について

初蝶や銃持つ衛士のヘルメット

銃持つ衛士のヘルメットは実景です。季語の初蝶は想像力の生みだしたものです。私の中で、この句作により想起されたのは「西部戦線異状なし」（レマルク原作）でした。一人の若い兵士が蝶に気を取られて、戦場で命を落とします。若者の家族や恋人には悲嘆にくれる大きな悲劇なのに、その一兵卒の死は国家、戦線にとっては異状なしです。悲哀と無情、それと自由に軽やかに飛んでいる初蝶の対比、季語「初蝶」は効果的で動かないと思います。季語が読み手によっては強く、あるいはかすかに響くのです。動かぬ季語と句の響き、どこかで似たような経験をしたことがあります。それは経絡の世界でした。

経穴の人体模型緑さす

私は鍼灸の実習で、ツボに的確な鍼刺激を与えると他の部位に効果が表れる、響くという表現がぴったりの反応を体験しました。鍼灸名人の手技は凄い。言い換えると俳句の名人の季語(ツボ)の用法は素晴しい。私には難しいが、俳句の季語は、ぴったりはまると読み手の中に響く、共感する。更に鍼灸の手法には虚と実、表と裏、陰と陽などがあり(八綱弁証)内容は違うものの、句作発想の切り口の一つに似ています。

二、切れについて

菜の花や寝ころびて飲む発泡酒

青空が柔らかく菜の花色の大地を包み、「や」で心地良く深呼吸、ゴクンと味わう、喉越しの発泡酒（麦酒）。「や」の切れと麦酒の切れの共鳴で美味さ倍増。

三、定型だから言える表現

聴き役の妻の歳月藤の花

結婚して五十年。なかなか言えない気持を、十七音で、思いの深い感謝の表現ができたつもりです。

凡句ながらも、コツコツと休むことなく夫婦で十五年続けている俳句。これはひとえに、寒太主宰のご教示をはじめ、知性と感性の豊かな、そして人間味のある俳句仲間のおかげです。

会社は生活の基盤であり、社会と繋がる生きがいです。然し、複雑かつ制約の多い所でもあります。その世界とは一線を画して句作に入り、座の文芸としての交歓の場を共有する。すると、次元の違う境地になり、癒されます。

おかげさまで、事業は荒波を乗り越えて、無事に要職を譲ることができました。半世紀にわたるサラリーマン人生は紺の背広を纏い、四季に合わせたネクタイを締め、まさに定型的で、社会から逸脱することのない平凡と言えば平凡なものでありました。詠んだ俳句も月並みではありますが、サラリーマン人生の卒業記念としてまとめてみました。

「炎環」の主宰として、ご多忙この上ないなかにありながら、石寒太師には選句、懇切丁寧な序文、種々のご教示を頂きました。心から感謝する次第です。

丑山霞外編集長には並々ならぬ尽力を頂きました。誠に有難うございました。

今後は更に俳句を学び、己の心を豊かなものにして、より自由に俳句を詠みたいと思います。

令和五年五月吉日

前島きんや

❖著者略歴

前島きんや……まえじま・きんや……（本名・前島忻治）

一九四六年　東京都中野区生まれ
一九六九年　早稲田大学第一商学部卒。太陽銀行（現三井住友銀行）入行
二〇〇七年　銀行より大和自動車交通出向
二〇一五年　大和自動車交通　社長
二〇二一年　同　　　　　　　会長
二〇〇八年　炎環入会
二〇一一年　炎環新人賞　同人
　　　　　　現代俳句協会会員
　　　　　　特技　鍼灸（鍼灸師）推拿

〔現住所〕
〒二七四－〇〇七二
千葉県船橋市三山　九－一九－三

炎環叢書　15

句集　紺の背広

二〇二三年六月八日　第一刷発行

著者……前島きんや
編者……炎環編集部（丑山霞外）
造本……鈴木一誌＋吉見友希
発行者……菊池洋子
発行所……紅書房
東京都豊島区東池袋五－五二－四－三〇三
郵便番号＝一七〇－〇〇一三
電話＝（〇三）三九八三－三八四八
ＦＡＸ＝（〇三）三九八三－五〇〇四
ホームページ……https://beni-shobo.com
印刷・製本……萩原印刷株式会社

紅書房

ISBN978-4-89381-359-6　C0092